AF332424

LE CHATIMENT

PAR L'AUTEUR

DES GRANDES PLAIES DE LA FRANCE.

Et nunc, Reges, intelligite : erudimini qui judicatis terram.

« Et maintenant, ô rois, apprenez : instruisez-vous, juges de la terre. »

DAVID.

PARIS

CHARLES DOUNIOL ET Cie, ÉDITEURS

29, rue de Tournon.

1872

LE CHATIMENT

PARIS. — IMP. VICTOR GOUPY, RUE GARANCIÈRE, 5.

LE CHATIMENT

PAR L'AUTEUR

DES GRANDES PLAIES DE LA FRANCE.

Et nunc, Reges, intelligite : erudimini qui judicatis terram.

« Et maintenant, ô rois, apprenez : instruisez-vous, juges de la terre. »

DAVID.

PARIS

CHARLES DOUNIOL ET Cᵗᵉ, ÉDITEURS

29, rue de Tournon.

—

1871

AVANT-PROPOS

On a dit que « Dieu plane dans des régions trop élevées pour s'occuper de ses infimes créatures. » Quelques pages suffiront pour prouver que son action s'étend sur tout cet univers, action toujours visible, lorsqu'il lui plaît de nous apprendre par de sanglantes catastrophes qu'il n'a point jeté fortuitement ce globe dans l'immensité. Voyez ce Balthazar tout vêtu de pourpre, entouré de

ses courtisanes ; comme il savoure le
parfum dans les vases qu'il profane !
Comme il s'étend mollement sur le du-
vet de ses coussins ! Mais voilà que tout
à coup une main flamboyante trace des
mots mystérieux sur les murailles de la
salle du festin et que ce monarque sa-
crilége tombe comme un cadavre avec
son empire.

Voyez ces voluptueux Romains dont
le luxe des repas et des fêtes a depuis
longtemps épuisé les trésors de l'Etat,
dont la vie ne s'écoule plus que dans les
cirques et dans les lieux de débauche.
Mais à peine les Barbares ont-ils brisé
les barrières de l'empire qu'un miséra-
ble Hérule renverse du trône le dernier
empereur et lui assigne pour prison
l'ancienne maison de Lucullus où fut

portée la dépouille des Cimbres qui, les
premiers sortis du septentrion, avaient
menacé le Capitole. Et vous croyez peut-
être que ces catastrophes n'ont frappé
que les peuples de l'antiquité, que l'action divine ne s'exerce plus dans les
temps modernes, parce que certains phi-
losophes se sont moqués des lecteurs en
débitant d'avilissantes doctrines? Loin de
nous la pensée d'évoquer les grands ca-
pitaines et les grands hommes qui ont
succombé sous la main terrible de Dieu
depuis quelques siècles !

Mais de nos jours que sont devenus
les Napoléon, les Charles X et les
Louis-Philippe dont le règne fut pourtant chaleureusement acclamé par le
peuple et chanté par nos grands poètes!
Jetons un simple coup d'œil sur ces chu-

tes déplorables auxquelles nous avons assisté, peut-être spectateurs indifférents, et sachons profiter de ces rudes leçons pour apprendre à nos enfants qu'il est encore ici-bas une justice qui punit jusqu'à nos plus secrètes pensées.

20 mars 1871.

I.

NAPOLÉON Ier.

Tandis que l'empire romain donnait
au monde le spectacle des plus affreux
débordements, tandis que le peuple ap-
plaudissait aux saturnales des grands,
il y avait en Illyrie un homme qui écrivait un traité sur la justice divine et
qui prouvait que, si les châtiments se font
attendre, il n'en sont que plus terribles.
Cet homme, c'était Plutarque. Et en
effet, deux cents ans ne s'étaient pas
écoulés qu'au milieu du silence de l'em-

1.

pire romain qui croyait avoir tout absorbé pour tout dévorer, des forêts du nord sortait un bruit étrange qui n'était ni le frémissement des feuilles, ni le cri de l'aigle, ni le mugissement des bêtes sauvages, mais les hurlements des Barbares, qui se présentaient comme les conscrits du Dieu des armées et qui noyèrent dans le sang toutes les turpitudes du vieux monde. Mais aujourd'hui que certains hommes n'applaudissent qu'au succès, ne connaissent de Providence que les oscillations de la Bourse, voyons si Plutarque pourrait encore constater les terribles effets de la justice divine.

Quoi qu'on en dise et quelle qu'ait été la conduite de son neveu, Napoléon Ier n'en apparaîtra pas moins comme le véritable héros des temps modernes,

héros dans le sens antique du mot, héros
à la façon de ces personnages épiques
qui remplissent la terre de leurs exploits,
laissent un souvenir ineffaçable dans la
mémoire des hommes et prennent place
dans les traditions de tous les peuples.
Car, comme l'a dit M. de Salvandy,
comment ne pas s'étonner de cet empire
du monde avec un point de départ si
lointain, de ce complet changement de
l'univers sous la main d'un seul homme,
de ces nations et de ces dynasties faites
ou défaites en dix ans? Comment ne pas
s'étonner surtout de ces victoires sans
nombre, de ces conquêtes sans terme
avec toutes les créations des arts, les
routes ouvertes, les temples restaurés,
les ponts construits et les Alpes apla-
nies? Mais si tout paraît homérique dans
cet homme, si tout est prodigieux dans

cette grande vie pour qui en contemple
le cours depuis l'île où fut son berceau
jusqu'à celle où il mourut, sa chute immense ne fut que le châtiment de son
orgueil qui lui fit un jour violer les lois
les plus sacrées, tant il est vrai, comme
le dit Plutarque, que « l'homme ne peut
échapper à la divinité. »

Vainqueur dans presque tous les
combats, Napoléon avait vu les rois de
l'Europe s'humilier devant lui et s'était
drapé du manteau de Charlemagne
comme le restaurateur de la monarchie.
Plus audacieux encore, il envahit l'Autriche et la Prusse, dicte des lois à
Vienne et à Berlin et jette l'épouvante
dans l'empire russe et dans le royaume
des Iles-Britanniques. Au milieu de
ses triomphes, il oublie ce qu'il doit à
Joséphine, femme affectueuse et spiri-

tuelle, pour épouser la fille des Césars,
et, non content d'avoir violé la loi sainte
du mariage, il ose s'emparer du terri-
toire du pontife qui l'a sacré et donner
au fils qui vient de lui naître le nom de
roi de Rome. Mais s'il a mis tout en œuvre, le 9 juin 1811, pour que la céré-
monie du baptême de son fils soit digne
de la grandeur de l'empire et des vas-
tes destinées promises au jeune roi;
si, entouré d'un cortége magnifique, il
peut dire avec orgueil que la Providence lui accorde tout ce qu'il désire,
avec la ponctualité d'une puissance sou-
mise, elle ne l'était pas, hélas! dit
M. Thiers; car bientôt elle devait le lui
prouver.

Il semblait même qu'elle lui prodi-
guait tous les honneurs comme pour
rendre plus terrible le châtiment qu'en-

traînait la faute d'abuser de ses faveurs. En effet, lorsque prenant dans ses bras l'enfant impérial et l'élevant au-dessus de sa tête, il le présentait à la magnifique assistance avec une émotion visible qui devint bientôt générale, quelle surprise douloureuse, continue M. Thiers, si derrière cette scène de prospérité et de grandeur, on avait aperçu tout à coup les flammes de Moscou, les glaces de la Bérésina, Leipzig, Waterloo, Sainte-Hélène et enfin la mort de cet auguste enfant à dix-huit ans dans l'exil, sans une seule des couronnes qu'on accumulait alors sur sa tête, et tant d'autres révolutions encore qui devaient tour à tour relever et renverser sa famille !

En quittant la métropole au milieu d'une multitude immense, Napoléon, ajoute le même historien, se rendit à l'Hôtel de Ville où les habitants de Paris purent le voir assis à table, la couronne en tête, entouré des rois de sa famille et d'une foule de princes étrangers, prenant son repas en public comme les anciens empereurs d'Occident. Éblouis par ce spectacle resplendissant, les Parisiens applaudirent; ils se flattaient sans doute que la durée se joindrait à la grandeur et la sagesse à la gloire. Mais ils faisaient bien de se réjouir, car ces joies devaient être les dernières de Napoléon.

En effet, les rois qu'il a créés pour le défendre prennent tout à coup leur dignité au sérieux, et, pour se nationaliser dans leurs nouvelles patries, épousent bien vite les intérêts, les haines et les amitiés de leurs peuples jusqu'à s'isoler de la France, jusqu'à courtiser la coalition. Bernadotte lui-même, que les Suédois ont appelé sur leur trône, se jette dans les bras de la Russie et de l'Angleterre ; alors commence la chute de ce colosse qui avait cru mettre la Providence dans ses desseins. Mais un écrivain de Rome, qui avait assisté à tant de catastrophes, a fait cette remarque :

Quos vult perdere Jupiter dementat.

Enivré de ses succès, Napoléon Iᵉʳ avait réduit les Anglais aux abois ; leurs ouvriers, tourmentés par la famine, brisaient déjà les métiers et attaquaient les propriétés, lorsque le vainqueur du continent, comptant sur des alliés infidèles et n'écoutant que des voix serviles, ose jeter le gant à la Russie, à cette puissance assise sous le pôle, adossée à des glaces éternelles et ne devant presque rien craindre, parce que, frappant comme les Scythes, elle ne recule devant aucune ruine. Il compte sur un Friedland, sur un coup de tonnerre à Wilna ou à Witepsk, mais il a beau lutter dans ce pays de forêts et de marécages, dans cet empire si large qu'i n'a pas de flancs, si profond qu'il n'a pas de fin ; il voit à Leipzig pâlir son étoile et les rênes lui échapper. Entouré d'hommes de l'ancien régime, de personnages corrompus par la richesse, d'autorités tremblantes, il veut encore lutter contre l'Europe qui s'est soulevée contre lui ; mais vaincu par des forces imposantes, il abdique à Fontainebleau et quitte la France sous un costume étranger, de peur que les Provençaux ne le poignardent comme l'oppresseur de leur pays. Il peut, s'il veut, échapper aux croisières anglaises qui lui barrent

le passage, débarquer à Cannes et promettre au peuple une constitution qui
sera cette fois son ouvrage. Waterloo
lui apprend qu'on ne viole pas impuné-
ment les lois divines et que désormais
son trône sera le rocher de Sainte-Hélène.

Quel étrange mystère! dira-t-on. Mais
oublie-t-on que celui qui a rejeté Saül,
qui a châtié le sage Salomon et tant
d'autres monarques, tient encore les
rênes de ce monde, et que, s'il daigne
faire luire chaque jour sur nos champs
les rayons de son soleil, il est encore le
seul qui se glorifie de faire la loi aux
rois et de leur donner, quand il lui plaît,
de grandes et terribles leçons, comme
le disait Bossuet en présence du frère
unique de Louis XIV? Il faut pourtant
rendre cette justice à Napoléon Ier. S'il
nous apparaît comme un astre éclatant

et terrible, qui pour remplir l'orient et
l'occident, se leva du sein des mers et
retourna s'y abîmer, il eut du moins le
courage de reconnaître ses fautes, et de
léguer à la postérité un nom qui ne pé-
rira qu'avec le monde.

II.

CHARLES X ET LOUIS-PHILIPPE.

« Que Charles ménage la couronne
du duc de Bordeaux, » avait dit
Louis XVIII en mourant. Mais Charles X,
esprit opiniâtre, tomba pour n'avoir
point su restaurer le trône et l'autel,
comme il en avait la prétention. Il y
aura toujours des gens qui oublieront
que l'Église est née dans les catacombes,
qu'elle ne doit son triomphe qu'à la
souffrance et qui croiront enfanter des

néophytes à coups de baïonnette. Ceux-là se trompent étrangement, car si quelques prêtres, la croix à la main, assis sur des ruines, ont ressuscité jadis la société au milieu des tombeaux, croit-on qu'il soit aussi facile de tirer des ténèbres de l'erreur des peuples qui prétendent être éclairés des rayons de la vérité? Si Charles X se trompa, il eut au moins le courage d'affirmer ses croyances; en cela il fut plus noble que ceux qui depuis sa chute affectèrent une piété d'un mauvais exemple, que nul n'a prise au sérieux et dont les inconséquences ont affermi dans leur scepticisme les roués, les mécréants et les viveurs dont regorge ce monde amoindri, énervé et perverti.

Louis-Philippe, qui ne fut point fâché de lui succéder, devait-il demeurer long-

temps sur le trône? Ne lui restait-il
pas à payer la dette de la dépravation de
la Régence et la trahison de son père,
comme Louis XVI avait été forcé d'ex-
pier dans sa personne le despotisme de
Louis XIV et la corruption de Louis XV?
Les uns le pensaient, les autres le di-
saient hautement. Mais, sans rappeler
les crimes de ses aïeux, Louis-Philippe
ne montra-t-il pas toujours cette pusilla-
nimité mêlée d'une certaine astuce qui
lui fit oublier ce qu'il devait au pays
qui l'avait élu?

Suivez-le dans sa vie dès la Restaura-
tion. Ambitieux et rampant, il ne dira
et ne fera jamais rien de complet, lais-
sant toujours une porte ouverte à l'éva-
sion. S'il flatte la cour, il encourage l'o-
pinion libérale et reçoit à Neuilly tous les
mécontents. Il ose même soupirer, ser-

rer la main en levant les yeux au ciel;
mais il se garde bien de prononcer une
parole trop significative pour être re-
portée en haut lieu. Un membre de
l'opposition meurt-il, il envoie un carrosse au convoi, mais ce carrosse est
vide : la livrée est admise à toutes les
portes et à toutes les fosses.

Poussa-t-il M. Laffitte à faire ce qu'il
fit ou laissa-t-il faire M. Laffitte ?
D'après le caractère de Louis-Philippe,
on doit présumer, dit Chateaubriand,
qu'il ne prit aucune résolution et que sa
timidité politique, se renfermant dans
sa fausseté, attendit l'événement, comme
l'araignée attend le moucheron qui se
prendra dans sa toile.

Mais s'il se contenta d'essuyer toutes
les injures de l'Europe en lui montrant
sa patente de roi, s'il laissa l'État deve-

nir la proie des ministériels de profession et de cette classe qui ne voit la patrie que dans son pot-au-feu, si, pour se créer des partisans, il méconnut les droits de la famille par son monopole universitaire et ceux de la religion par des lois iniques, quelle ne fut point sa stupeur, lorsqu'au lieu d'automates plus ou moins dressés il ne trouva dans ses soldats que des hommes irrités qui lui firent défaut à l'heure de l'épreuve? A quoi lui avait-il servi d'avoir assisté à tant de révolutions pour se laisser appliquer la peine du talion? Et dire qu'il y a encore des gens qui ne voient point clair en plein midi ! Que ceux-là lisent le tableau que nous reproduisons d'après les journaux du temps; peut-être comprendront-ils qu'il n'est pas toujours avantageux d'escamoter la couronne d'un roi, lorsqu'on ne sait point soi-même dignement la porter !

RAPPROCHEMENT

DES ÉVÉNEMENTS QUI ONT PRÉCÉDÉ ET SUIVI LA CHUTE DE CHARLES X ET CELLE DE LOUIS-PHILIPPE.

1. Le duc de Berry, fils de Charles X, se marie avec une princesse étrangère (Sicilienne).

1. Le duc d'Orléans, fils de Louis-Philippe, se marie avec une princesse étrangère (Mecklembourgeoise).

2. De ce mariage naît un fils, héritier de la couronne, le duc de Bordeaux.

2. De ce mariage naît un fils, héritier de la couronne, le comte de Paris.

3. Son père, le duc de Berry, meurt assassiné le 13 février 1820.

3. Son père, le duc d'Orléans, meurt par un accident le 13 juillet 1842.

4. Dans l'année qui précède la chute de Charles X (1829),

4. Dans l'année qui précède la chute de Louis - Philippe

le pain s'élève à un prix excessif.

5. La marche rétrograde du gouvernement, après de magnifiques espérances, engage les amis du pays à lui soumettre des conseils sur la crise qui se prépare.

6. Ces conseils sont méconnus par le pouvoir.

7. Le discours de la couronne, contenant des paroles acerbes·et offensantes pour l'opposition, amène la protestation de 221 députés.

8. Prise du dey d'Alger.

9. Ordonnances du

(1847), le prix du pain s'élève à un taux excessif.

5. La marche rétrograde du gouvernement, après de magnifiques promesses, engage les hommes du progrès à lui soumettre des conseils sur la crise qui se prépare.

6. Ces conseils sont méconnus par le pouvoir.

7. Le discours de la couronne, contenant des paroles acerbes et offensantes pour l'opposition, amène la protestation d'un grand nombre de députés.

8. Prise d'Ab-el-Kader.

9. Ordonnance du

25 juillet qui annulent la liberté de la presse.

10. Le lundi soir, ces ordonnances donnent lieu à des attroupements où sont lus et commentés à haute voix les journaux. Ces attroupements sont une espèce de préface à la révolution qui doit éclater le lendemain.

11. On se révolte contre ces ordonnances, et le pouvoir tombe aux mains des insurgés.

12. Le combat dure trois jours, les 27, 28 et 29 juillet 1830.

13. Commençant le mardi et finissant le jeudi.

préfet de police affichée le 21 février, qui annule la liberté de réunion.

10. Le lundi soir, cette ordonnance donne lieu à des attroupements où sont lus et commentés à haute voix les journaux. Ces attroupements sont une espèce de préface à la révolution qui doit éclater le lendemain.

11. On se révolte contre cette ordonnance, et le pouvoir tombe aux mains des insurgés.

12. Le combat dure trois jours, les 22, 23 et 24 février 1848.

13. Commençant le mardi et finissant le jeudi.

14. Le peuple remporte la victoire sur les troupes.	14. Le peuple remporte la victoire sur les troupes.
15. La gendarmerie, la première, se présente au combat et succombe.	15. La garde municipale, la première, se présente au combat et succombe.
16. Elle est licenciée.	16. Elle est licenciée.
17. L'inviolabilité royale, proclamée dans la charte de 1814, devient une dérision.	47. L'inviolabilité royale, proclamée dans la charte de 1830, devient une dérision.
18. Charles X est déchu du trône à l'âge de 74 ans.	18. Louis-Philippe est déchu du trône à l'âge de 74 ans.
19. En juillet, mois de la mort du duc d'Orléans.	19. En février, mois de la mort du duc de Berry.
20. Il abdique en faveur de son petit-fils le duc de Bordeaux, âgé de 10 ans.	20. Il abdique en faveur de son petit-fils le comte de Paris, âgé de 10 ans.

2.

21. Le duc de Bordeaux est présenté comme roi et refusé par ces mots : *Il est trop tard.*	21. Le comte de Paris est présenté comme roi et refusé par ces mots : *Il est trop tard.*
22. Un gouvernement provisoire s'établit après la révolution.	22. Un gouvernement provisoire s'établit après la révolution.
23. La famille royale est obligée de quitter la France.	23. La famille royale est obligée de quitter le sol de la France.
24. Elle adopte l'Angleterre pour terre d'exil.	24. Elle adopte l'Angleterre pour terre d'exil.
25. Deux jours après la révolution, il se déclare un orage épouvantable accompagné d'éclairs et de tonnerre.	25. Dans la journée du 26 février, deux heures après-midi, s'élèvent un ouragan et une tempête effrayante accompagnée d'éclairs et de tonnerre.
26. Mise en accu-	26. Mise en accu-

<table>
<tr><td>sation des ministres de Charles X.</td><td>sation des ministres de Louis-Philippe.</td></tr>
<tr><td>27. Le chef de la famille meurt sur la terre étrangère.</td><td>27. Le chef de la famille meurt sur la terre étrangère.</td></tr>
</table>

Charles X s'est en allé, dit Chateaubriand, persuadé qu'il ne s'était point trompé : s'il a espéré dans la miséricorde divine, c'est en raison du sacrifice qu'il a cru faire de sa couronne à ce qu'il pensait être le devoir de sa conscience et le bien de son peuple ; les convictions sont trop rares pour n'en pas tenir compte. Charles X a même pu se rendre ce témoignage que le règne de ses deux frères et le sien n'avaient été ni sans liberté ni sans gloire. Sous Louis XVI l'affranchissement de l'Amérique et l'émancipation de la France ; sous Louis XVIII le gouvernement représentatif donné

à notre patrie ; l'indépendance de la
Grèce recouvrée à Navarin sous Charles X et l'Afrique qui nous fut laissée
probablement en compensation du ter-
ritoire perdu par les conquêtes de la République et de l'Empire, tels sont les résultats qui demeurent acquis à nos fastes
en dépit de stupides jalousies et de vai-
nes inimitiés, résultats qui ressortirent
davantage à mesure qu'on s'enfonça
dans les abaissements de la royauté de
juillet.

III.

NAPOLÉON III.

—

I. SA POLITIQUE.

Certains journalistes avaient dit en 1848 : « La démocratie s'avance de tous côtés, à la fois puissante, irrésistible, victorieuse par l'enthousiasme ou par l'effroi qu'elle inspire. Devra-t-elle combattre? Ne lui suffira-t-il pas pour renverser ses ennemis les plus redoutables de leur envoyer ses éclaireurs? »

Hélas! Elle n'eut pas l'honneur de briser les bataillons de l'Angleterre et de la Russie qui devaient, disait-on, se coaliser contre le mouvement qui emportait le monde. Cependant ces deux grandes nations portent encore un lourd fardeau de crimes; elles ont cruellement et persévéramment outragé l'humanité. Qui ne connait les souffrances de l'Irlande et de la Pologne? Dieu se vengera de tant de forfaits, car c'est lui-même qui fut persécuté dans ces nations martyres; c'est son peuple, ce sont ses membres que le despotisme russe et l'oligarchie anglaise ont dévorés comme on dévore le pain.

Mais, comme l'a dit un habile publiciste, de la démocratie nous n'en connaissons encore que le nom, et des trois mots *liberté*, *égalité*, *fraternité*, nous

en avons fait trois mensonges. En effet
pouvons-nous être libres, si nous ne
sommes pas justes? Égaux, si nous ne
courbons point la tête sous le niveau de
la croix et frères, si nous n'adorons pas
un même Père qui est aux cieux et si
nous n'implorons de lui la grâce d'ai-
mer nos frères du même amour qu'il
porte à ses enfants ?

Mais les empiriques depuis si longtemps pervertissent cette pauvre France,
qu'il est à craindre que la devise répu-
blicaine ne soit comme par le passé
qu'une balle dans nos fusils ou que le
fer de la guillotine aux mains des fac-
tions triomphantes. Longtemps exilé,
condamné même à de rudes épreuves,
Louis-Napoléon semblait appelé par le
peuple pour guérir les plaies de la société. Les saturnales de 1848 avaient

inspiré un tel dégoût de la liberté qu'on se serait volontiers jeté dans les bras du despotisme. Ce prince oublia trop tôt la noble mission qu'il avait à remplir et plongea la société malade dans une atmosphère particulière de parfumerie et de serre chaude où des plaisirs extravagants et puérils alternaient avec un inexorable ennui. Singulière manière de gouverner les gens ! Mais s'il endormait son peuple avec l'opium de ses feuilletons licencieux, tandis qu'il fascinait par son or ses nombreux partisans, il se rappela pourtant qu'il était issu de la famille de Bonaparte et que quelques lauriers cueillis sur les champs de bataille rehausseraient l'éclat de sa couronne. Il faut avouer qu'il ne sut entreprendre qu'une seule guerre dont la France puisse se glorifier, celle de

Crimée qui arrêta les Russes sur la route de Constantinople et apprit **au** czar Nicolas que l'Occident pouvait encore refouler ses escadrons. Il est **vrai** que les frais de l'expédition coûtèrent beaucoup, mais la France n'était-elle pas habituée à payer sa gloire? Le roi piémontais le comprit bien, car au lieu de lutter sottement comme son père contre l'Autriche, il nous fit jouer le rôle de Raton et de toute l'Italie ne nous laissa que la petite province de Savoie.

Beaucoup de gens applaudirent à cette politique, excepté l'Autriche qui nous montra les dents. Mais pour l'indemniser on fit tranquillement égorger Maximilien dans son empire éphémère du Mexique, en attendant qu'on permît aux Prussiens d'absorber l'Allemagne par la victoire de Sadova. Politique étrange qui rappelait le règne de Louis XV et qui pourtant était celle d'un homme qui se vantait de nous doter d'une *vie de César !* De la papauté qui nous tendait les bras dans sa détresse, qu'en fit ce monarque historien ? Favorisant sournoisement les panégyristes de M. Renan, ne la livra-t-il pas aux sicaires de Garibaldi qui la dépouillèrent de ses plus belles provinces ? Tremblant lui-même pour son trône, s'il envoya quelques soldats aux portes de Rome, comme dans toutes ses autres expéditions, n'empocha-t-il pas quelques millions, se contentant d'enfler le total des dépenses et de nous prouver que nous étions de magnanimes défenseurs ? Mais s'il fut permis de pousser la ruse jusqu'à l'hypocrisie la plus lâche, si nous eûmes la patience de voir gaspiller nos finances, l'heure du châtiment allait bientôt sonner.

A peine la guerre est-elle déclarée à la Prusse le 19 juillet 1870, qu'un cri d'enthousiasme s'élève dans ce Paris si bruyant et si tumultueux. Rassuré par le vote plébiscitaire, Napoléon croit déjà triompher de ses ennemis, malgré les avis de gens assez audacieux pour prétendre que nos officiers devraient emporter la carte de France plutôt que celle de Prusse, et qu'au lieu d'envahir l'Allemagne, nous subirions peut-être toutes les horreurs d'une invasion.

Mais ces gens-là sont traités d'espions et de Prussiens et menacés même d'être passés par les armes. Et, en effet, lorsque pour le plus frivole prétexte, le gouvernement avait dégaîné

l'épée, qui donc osait nier qu'il ne se
sentait pas assez fort, et qu'il n'y avait
qu'à paraître aux frontières pour repousser les intrus et les conduire jusqu'à
Berlin à coups de crosse dans le dos?
M. Émile de Girardin n'avait-il pas lui-
même entonné la *Marseillaise*, et souri
de pitié pour toute réponse à la lettre
d'un officier prussien qui osait se vanter
d'entrer dans la capitale le 15 décembre,
et l'engageait fort insolemment à lui pré-
parer un logement? Car l'antique Lu-
tèce, n'était-ce pas la ville sainte, la
capitale de la civilisation, le nombril
de la terre, titres assez respectables pour
qu'aucun peuple se permît d'y toucher?
Il est vrai que les grandes cités de l'antiquité ont été détruites, et que des ruines
indiquent encore au voyageur attristé
l'emplacement qu'elles ont occupé, mais

Paris n'avait-il pas cinq cent mille combattants, des forts redoutables, des murailles protégées par des canons de gros
calibre, et en outre, des barricades devant lesquelles, depuis soixante ans, la
royauté s'était elle-même brisée ?

Toutefois si le frémissement belliqueux
allait toujours croissant dans cette immense ville, si les théâtres retentissaient
du chant de la *Marseillaise*, dès les premiers jours d'août, l'impatience s'empara
déjà des plus exaltés. Les yeux fixés sur
une carte d'Allemagne, beaucoup de gens
s'étonnaient que nos généraux qui avaient
remporté tant de victoires en Afrique,
ne fussent pas encore à Mayence, à
Trèves ou à Cologne. Mais à peine la
nouvelle se fut-elle répandue que Sar-
rebruk était tombé en notre pouvoir, et
que le petit Louis, l'héritier présomptif,

avait ramassé une balle tombée à ses
pieds, que toute la population courut
éperdue, se serrant les mains, s'embras-
sant sans se connaître. « Ah ! s'écriait
celui-ci, je vous l'avais bien dit, mon
cher, que ces Prussiens seraient vaincus.
Est-ce qu'ils ont tenu seulement un jour
contre Napoléon Ier ? —Je vous crois, ré-
pondait celui-là. Ah ! les imprudents ! Ils
sauront ce qu'il en coûte pour oser nous
forcer de leur faire la guerre. » Mais
bientôt de nouvelles dépêches arrivent,
la défaite de Douay à Wissembourg et
celle de Mac-Mahon à Reischoffen. Paris
tombe tout à coup de la joie la plus
folle dans la plus profonde stupéfaction.
C'est que cette fois il n'y avait plus à
en douter ; l'invasion commençait, terrible, menaçante, car, comme quelques-
uns l'avaient dit, toute la population

mâle de la vieille Germanie s'était levée pour lutter contre nous.

Le premier moment de stupeur passa. Paris se prit à espérer. Ne comptait-il pas deux millions d'habitants? Ne verrait-il point surgir parmi eux d'innombrables combattants, et la province n'était-elle point là pour lui envoyer des armées capables de repousser les ennemis, s'ils osaient investir la capitale? Malgré ces fanfaronnades, Paris balaie cependant tout à coup le ministère Olivier et choisit le comte de Palikao pour organiser la défense. Mais ce général ne donne bientôt plus aucune nouvelle et se contente de dire à quelques familiers : « Si Paris savait ce que je sais, il illuminerait ce soir ! » Et bien vite chacun de compter le nombre de Prussiens tombés sur les champs de bataille, les comptant naturellement par mille, et ne s'occupant nullement de nos morts et de nos blessés. On en vint même jusqu'à dire que deux paysans avaient conduit les Prussiens contre des carrières taillées à pic, et que vingt mille avaient été précipités dans l'abîme.

Mais si, comme le disait le comte de Palikao, Paris devait illuminer et se livrer à la joie, quelles étaient donc les nouvelles qui devaient causer tant d'allégresse? C'est que le châtiment commençait à s'appesantir sur ce monarque qui depuis si longtemps se croyait invincible parce qu'il avait tout corrompu. En effet le bruit se répandit bientôt que Bazaine était enfermé dans Metz, que Mac-Mahon se repliait sur Châlons, tandis que nos villes tombaient l'une après l'autre entre les mains des Prussiens.

Trop faible pour commander ses troupes, l'empereur a peut-être entendu déjà les murmures de ses soldats, qui blâment hautement l'imprévoyance de leurs chefs et de leurs intendants. Il sait peut-être que la capitale frémit de colère à la nouvelle de nos désastres et se prépare à le renverser du trône. Peu lui importe ! Il faut qu'il embarrasse le brave maréchal Mac-Mahon de son entourage, de ses ridicules cent-gardes, de ses valets, de ses voitures et même de ses cuisiniers. Mais que faire ? Est-ce que Bazaine ne s'estimait déjà pas trop heureux d'être délivré de ce faste qui semblait une insulte au malheur ? Pressé par ce pauvre empereur qui sent que la couronne lui échappe, Mac-Mahon se montre faible, irrésolu, sacrifiant presque tout aux velléités guerrières de Na-

3.

poléon qui se laisse lui-même entraîner par les exigences de son pompeux entourage. Doit-il rejoindre Bazaine et tomber avec lui sur les ennemis? Tout le monde le croit, mais il hésite encore et finit par se rendre à Réthel. L'empereur le suit, toujours en grand uniforme, dans une calèche fermée, précédée de piqueurs galonnés et suivie de plusieurs voitures où se prélassent les officiers militaires et civils de sa suite. A la vue de ses cuisiniers, de ses maîtres d'hôtels, les soldats épuisés murmurent et se demandent si cet empereur prétend culbuter ses ennemis avec tout cet attirail. Cependant une dépêche arrive de Paris, enjoignant au maréchal de rejoindre Bazaine et de n'engager la bataille qu'avec lui. Mac-Mahon, toujours faible, se contente de demander de nouvelles instructions. Une seconde dépêche arrive, cette fois plus pressante, qui révèle toute la tactique de l'ennemi. Le maréchal peut encore par une marche rapide passer devant l'armée du prince Fritz, franchir la Meuse et donner la main à Bazaine. Avec deux cent vingt mille hommes on peut encore lutter contre les Prussiens, sauver même la capitale. Mais tandis que le temps se passe dans de continuelles hésitations, les soldats apprennent que les ennemis sont à quelques kilomètres et que le malheureux général de Failly s'est laissé surprendre comme s'il se jouait du sort de ses troupes et de celui de la France. Le général de Wimpffen, parti de Paris le 29 août, se hâte à peine arrivé de rallier les fuyards, tandis que le premier corps occupe encore les hauteurs de Mouzon.

Mais l'empereur se dirige bientôt sur
Sedan et entraîne à sa suite Mac-Mahon.
Que va-t-il se passer? Je n'ose le dire,
car si les fautes furent graves, le châtiment fut trop terrible pour ne pas exci-
ter dans les cœurs un sentiment profond
de tristesse et d'effroi.

II. SEDAN.

A peine enfermé dans Sedan, Mac-
Mahon apprend que la place est totalement dépourvue de munitions et d'ap-
provisionnements et qu'il lui faut faire
de prodigieux efforts. Le lieutenant
d'état-major Uhrich l'avertit même qu'il
est temps d'occuper les hauteurs de Ba-
zeilles, que l'ennemi s'avance pour bar-
rer toutes les issues. Le maréchal se

hâte de déjeûner et s'informe du bruit étrange qui retentit à ses côtés. Il voit des soldats de toutes les armes se jeter pêle-mêle dans les cabarets, tandis que le général de Wimpffen, réclamant le commandement conservé si maladroitement au général de Failly, cherchait à ranimer l'ardeur des troupes. Va-t-il dégager son armée, renverser les bataillons ennemis pour se frayer un passage? Le feu semble cependant se ralentir ; la nuit couvre bientôt Sedan de ses ténèbres.

Mais le lendemain les sentinelles avancées s'aperçoivent que les Prussiens, à la faveur de l'obscurité, ont passé la Meuse sur deux ponts qui faisaient face à nos ailes. Dès cinq heures du matin, le canon gronde sur toute la ligne, sur un développement de près de deux lieues.

A six heures, Mac-Mahon grièvement
blessé, cède le commandement au général de Wimpffen. L'armée française ga-
gne cependant du terrain, refoule contre
la Meuse les bataillons prussiens et re-
prend les villages de Balan et de Ba-
zeilles qui deviennent la proie des flammes. Tout à coup l'artillerie du prince
Charles cesse son feu, nos soldats s'élan-
cent à la baïonnette, lorsqu'ils la voient
reparaître à leur flanc droit pour protéger
l'arrivée du prince royal de Prusse qui
se jette sur nos derrières avec soixante
mille hommes. En même temps un troi-
sième corps prussien déborde notre
gauche par la route de Bouillon. Les soldats tentent un effort suprême pour rom-
pre le cercle de feu qui se resserre autour d'eux. Le général de Wimpffen se
hâte d'écrire à l'empereur pour le con-

jurer de se rendre au milieu de ses troupes, qui se feront un devoir de lui ouvrir un passage sur Carignan. Mais le soir est à peine arrivé qu'il faut rétrograder et s'enfermer dans un cul-de-sac dont la ville de Sedan devient le sommet. Alors toute l'armée épuisée par le combat, qui n'est plus qu'une véritable boucherie, se jette dans la place, protégée dans sa déroute par le feu de la forteresse. Mais trop étroite pour contenir une armée de cent mille hommes, la petite cité offre bientôt le spectacle du plus affreux désordre. On s'étouffe dans les rues, on marche même sur des blessés, tandis que les bombes et les boulets prussiens commencent à pleuvoir sur la ville, frappant sans distinction les habitants et les soldats.

« Maintenant la bataille est perdue

pour les Français, avait dit le général
Shéridan. » Et, en effet, tandis que
ceux-ci s'étaient repliés sur le faubourg
de Casal et avaient abandonné la col-
line entre Torcy et Sedan, les Bavarois
non-seulement s'étaient maintenus dans
les fortifications de la ville, mais ils s'a-
vançaient même de maison en maison.
La canonnade cependant fut tout à coup
suspendue sur toute la ligne. Beaucoup
s'étonnaient de ce lugubre silence, lorsqu'un officier français, escorté par deux
uhlans, vint au grand trot sur la route
escarpée de Sedan, vers la porte de la
ville. L'un des uhlans portait un plumeau
blanc au bout d'un bâton en guise de
drapeau parlementaire. Ce messager
était un colonel français qui venait traiter des conditions de la capitulation.
Après une courte conférence entre le roi

et le général de Moltke, on répondit au messager que dans une affaire aussi importante il fallait envoyer un officier de haut rang.

Le parlementaire repartit donc, entendant sans doute les cris poussés par les ennemis qui se glorifiaient d'avoir enfermé l'empereur dans Sedan. Le général Reille le remplaça et vint présenter cette missive de Napoléon : « N'ayant pas de commandement dans l'armée, ayant résigné mes pouvoirs aux mains de l'impératrice régente, je remets mon épée au roi de Prusse. » Mais par un souvenir d'Iéna, son implacable adversaire voulut la lui renvoyer comme jadis Napoléon Ier avait renvoyé celle du roi de Prusse. — « On ne discute pas avec une épée, répondit-il à ceux qui lui présentaient celle de l'em-

pereur, on la brise. Mais avec l'homme
on peut causer, dites donc à votre maître que je veux causer avec lui, » Et en
même temps il écrivit un billet pour in-
viter l'empereur à se rendre le lendemain matin au quartier général à Vende-
resse. Tandis que le roi de Prusse écrivait, le comte de Bismark s'approcha
du général Shéridan et lui serra la main.
— « Recevez mes sincères félicitations,
lui dit celui-ci, je ne puis comparer la
capitulation de Napoléon qu'à celle du
général Lee à *Appomatox Court-House.*»
Bismark se défendit d'avoir contribué au
gain de cette journée :

« Messieurs, répondit-il, je ne suis
pour rien dans le succès de cette guerre,
adressez-vous au roi, à de Moltke. Je
n'ai réellement rien fait. Si pourtant,
dit-il en se reprenant vivement, j'ai fait

quelque chose, j'ai fait que les États du
sud de l'Allemagne nous ont aidés de
leur puissant appui et c'est à eux, c'est
à nos braves Bavarois et Wurtember-
geois que nous devons cette dernière
journée. »

Lorsque le roi eut terminé sa lettre,
il la remit lui-même au général Reille
qui attendait debout et découvert avec
ses médailles d'Italie et de Crimée relui-
sant sur sa poitrine aux derniers
rayons du soleil couchant. Le général
repartit à sept heures quarante et in-
forma sur-le-champ le général de
Wimpffen que l'armée devait se rendre
tout entière avec armes et bagages. Les
sept corps d'armée reçurent alors l'ordre
de se serrer en cordon autour de la ville,
de sorte que, lorsque les feux furent
allumés, Sedan présenta l'aspect d'une

grande tache noire dans une large ceinture de feu qui éclairait le ciel.

La position n'était plus tenable ; le lendemain matin les troupes françaises purent lire partout affichée la proclamation suivante :

« Soldats,

« Hier vous avez combattu contre des forces supérieures. Depuis le point du jour jusqu'à la nuit, vous avez résisté à l'ennemi avec la plus grande valeur et brûlé jusqu'à la dernière cartouche. Epuisés par cette lutte, vous n'avez pu répondre à l'appel qui vous a été fait par vos généraux et par vos officiers pour tenter de gagner la route de Montmédy et de rejoindre le maréchal Bazaine.

« Deux mille hommes seulement ont

pu se rallier pour tenter un suprême effort. Ils ont dû s'arrêter au village de Duun et rentrer à Sedan, où votre général a constaté avec douleur qu'il n'existait ni vivres ni munitions de guerre.

« On ne pouvait songer à défendre la place, que sa position rend impossible de résister à la nombreuse et puissante artillerie de l'ennemi.

« L'armée réunie dans les murs de la ville, ne pouvant ni en sortir ni la défendre, les moyens de subsistance manquant pour la population et pour les troupes, j'ai dû prendre la triste détermination de traiter avec l'ennemi.

« Envoyé hier au quartier général prussien avec les pleins pouvoirs de l'Empereur, je ne pus d'abord me rési-

gner à accepter les clauses qui m'étaient
imposées.

« Ce matin seulement menacé d'un
bombardement auquel nous n'aurions pu
répondre, je me suis décidé à de nouvelles démarches et j'ai obtenu les conditions dans lesquelles vous sont évitées
autant qu'il m'a été possible, les for-
malités blessantes que les usages de la
guerre entraînent le plus souvent en pa-
reille circonstance.

« Il ne nous reste plus, officiers et
soldats, qu'à accepter avec résignation
les conséquences des nécessités contre
lesquelles une armée ne peut lutter :
manque de vivres et de munitions pour
combattre.

« J'ai du moins la consolation d'éviter
un massacre inutile et de conserver à
la patrie des soldats susceptibles de

rendre encore dans l'avenir de bons et brillants services.

« *Le général, commandant en chef,*

« DE WIMPFFEN. »

Mais si les soldats durent frémir d'indignation à la lecture de cette proclamation, quelle ne fut point la douleur de celui qui la signa ! On sait que le général de Wimpffen était accouru d'Afrique et que le 28 août il conférait encore avec le ministre de la guerre sur les moyens de délivrer Bazaine. Arrivé le 30, au moment même où le corps du général de Failly fuyait de toutes parts, il s'était empressé de rallier quelques hommes et de bivouaquer sous Sedan, sans tente et sans abri. Peut-être eut-il réparé les fautes commises par le maréchal Mac-Mahon, mais que pouvait-il faire, lorsque

l'empereur refusant toute tentative, avait
ordonné de hisser le drapeau parlementaire et promis au roi Guillaume de se
rendre?

Le maréchal Lebœuf n'avait-il pas
dit à la Chambre des députés que tout
était prêt, que les Prussiens pourraient
se repentir de leur audace? Hélas!
qu'aurait-il dit au pauvre empereur, lorsque le 2 septembre se levant de bonne
heure, Napoléon vit une forêt de fer et
d'acier dans les vallées et sur les cô-
teaux, des batteries postées sur les émi-
nences, et de la cavalerie dans les plai-
nes aussi loin que le regard pouvait
atteindre. Il dut reconnaître trop tard
l'incapacité de son ministre et prendre
une détermination. Suivi de quelques
officiers d'état-major, il descend donc
la route de Sedan et arrive à Donchery

où le comte de Bismark se hâte d'accourir à sa rencontre. A peine celui-ci a-t-il reconnu l'empereur que se découvrant il lui dit : « Vous le voyez, sire, je reçois Votre Majesté comme je recevrais mon royal maître. » A quelques pas de la ville s'élevait une maisonnette habitée par un tisserand. Le comte de Bismark s'y dirige et y entre le premier. L'empereur se contente de s'asseoir sur une pierre devant la chaumière. On apporte deux chaises; l'empereur s'assied sur l'une et de Bismark sur l'autre, et tous deux engagent alors la conversation, tandis que les officiers qui avaient accompagné Napoléon s'étaient retirés, tristes et silencieux, à quelque distance sur une petite pelouse.

Le comte de Bismark ne put obtenir aucune assurance au sujet de la paix, parce que l'empereur lui déclara qu'il n'avait absolument aucun pouvoir. Bismark, peu satisfait de cette réponse, répondit qu'il était inutile de prolonger la conversation sur la politique, et qu'il n'était point nécessaire d'avoir une entrevue avec le roi. L'empereur exprima cependant un si vif désir de voir le monarque que Bismark ne voulut y consentir que lorsque la capitulation aurait été signée.

Napoléon se levant alors s'avança vers ses officiers. C'était un moment terrible ; la garnison de Sedan ne serait-elle point furieuse à l'idée d'une telle capitulation, et si l'on voulait résister, six cents pièces n'étaient-elles point là, prêtes à vomir sur la ville une grêle de boulets et de bombes? Il fut convenu que les officiers garderaient leurs armes et seraient mis en liberté sur parole, après avoir pris l'engagement de ne plus servir contre le roi de Prusse pendant la durée de la guerre, comme le signèrent MM. de Moltke et de Wimpffen.

« Entre les soussignés, le chef d'état-major du roi Guillaume, commandant en chef des armées d'Allemagne, et le général commandant l'armée française, tous deux munis des pleins pouvoirs de Leurs Majestés, le roi Guillaume et l'empereur Napoléon, la convention suivante a été conclue :

« *Article* 1. L'armée française placée sous les ordres du général Wimpffen se trouvant actuellement cernée par des troupes supérieures autour de Sedan est prisonnière de guerre.

« *Art.* 2. Vu la défense valeureuse de cette armée française, exemption pour

tous les généraux et officiers qui engagent leur parole d'honneur par écrit de
ne pas porter les armes contre l'Allemagne, et de n'agir d'aucune manière
contre ses intérêts jusqu'à la fin de la
guerre actuelle. Les officiers et em-
ployés qui acceptent ces conditions con-
serveront leurs armes et les effets qui
leur appartiennent personnellement.

« *Art.* 3. Toutes les armes ainsi que
le matériel de l'armée consistant en dra-
peaux, aigles, canons, munitions, etc.,
seront livrés à Sedan à une commission
militaire instituée par le général en chef,
pour être remis immédiatement aux
commissions allemandes.

« *Art.* 4. La place de Sedan sera livrée dans son état actuel et au plus tard
dans la soirée du 2 à la disposition de
S. M. le roi Guillaume.

« *Art.* 5. Les officiers qui n'auront pas pris l'engagement mentionné à l'article 2, ainsi que les troupes désarmées, seront conduits, rangés d'après leur régiment ou corps en ordre militaire.

« Cette mesure commencera le 2 septembre et sera terminée le 3. Les détachements seront conduits sur le terrain bordé par la Meuse près Iges, pour être remis aux commissaires allemands par leurs officiers qui céderont alors leur commandement à leurs sous-officiers.

« Les médecins majors sans exception, resteront en arrière pour soigner les blessés.

« A Fresnois, le 2 septembre 1870.

« *Signé :*

« DE MOLTKE et WIMPFFEN. »

4.

Guillaume consentit alors à voir son prisonnier. Celui-ci entra seul dans la chambre basse où le roi, en uniforme de général, casque en tête, se promenait fiévreusement, ayant les mains croisées derrière le dos. Le prince royal et les grands officiers étaient réunis en groupe dans un des angles de la pièce.

Il faisait sombre; l'empereur mit le chapeau à la main et salua le roi en se servant de la langue allemande. Guillaume ne répondit d'abord ni par un geste ni par un mot. Il fit encore quelques pas et vint se placer debout, droit, terrible, devant l'empereur qui se tenait incliné, la tête découverte.

— Sire, dit celui-ci toujours en allemand, je viens répéter de vive voix à Votre Majesté ce que j'ai eu l'honneur de lui faire transmettre hier au soir par écrit.

— C'est bien, Monsieur, répondit le roi, dont le visage était fortement coloré et dont la parole sifflait, tant il faisait d'efforts pour se contraindre ; j'ai décidé que Spandau vous serait assigné pour prison, pour résidence, veux-je dire, reprit Guillaume ; vous attendrez-là mes ordres ultérieurs.

— Sire....

— C'est dit, Monsieur ! exclama le roi en frappant du sabre sur le plancher poudreux de la salle.

— Au revoir donc, Monsieur mon frère, dit l'empereur en bon français cette fois et saluant de la façon la plus courtoise les différents personnages qui se trouvaient là, il quitta la salle aussi calme que s'il venait de présider à l'ouverture des Chambres.

A peine sorti, il tire une cigarette

qu'il allume au cigare d'un cuirassier
blanc et s'apprête à monter en voiture,
lorsqu'un officier général vient de la
part du roi le prier de passer dans une
cour avoisinante où Guillaume, qui dé-
sirait lui parler plus longuement, l'en-
verrait chercher.

L'empereur ne dit pas un mot. Mais,
escorté par deux cuirassiers blancs, il
passe dans une cour où près d'une mare
se trouvait un petit banc de bois. Il s'assied tranquillement sur ce banc, conti-
nuant de fumer et ne s'interrompant que
pour regarder l'eau de la mare et l'officier d'état-major qui, debout, suivait du
regard chacun de ses mouvements.

Après un quart d'heure d'attente,
l'empereur pria l'officier de lui faire
donner un verre d'eau. Un des cuirassiers le lui apporta. Il y trempa ses lè-

vres, puis regardant le contenu du verre, il sourit silencieusement et, se tournant vers l'officier, il lui dit : « Néron vaincu passa sa dernière heure auprès d'une mare dans laquelle il but : je suis plus heureux que lui. » Buvant alors toute l'eau et rendant le verre, il ajouta : « Il est vrai que mon règne n'a jamais ressemblé au sien, » et il se remit à fumer.

Après une grande demi-heure, un officier général vint de la part du roi le prier d'entrer dans la salle, où Guillaume se trouvait seul. Les deux monarques restèrent là près d'une heure et demie, parlant à voix basse. Que se dirent-ils ? L'histoire ne le racontera peut-être jamais. Mais quelle dut être l'humiliation de cet empereur, lorsqu'il fut sans doute obligé d'avouer son imprudence et son incapacité? Car il résulte de documents positifs conservés au ministère des affaires étrangères que, lorsque M. de Gramont prononça devant le Corps législatif la déclaration menaçante qui détermina la guerre, il avait reçu de nos agents diplomatiques en Allemagne l'état détaillé des troupes que la Prusse pouvait lancer contre nous, troupes admirablement équipées, organisées et préparées de longue main, toutes prêtes à marcher.

Ces forces représentaient un total de onze cent quatre-vingt-quatre mille hommes d'infanterie et de cent trente mille hommes de cavalerie avec une artillerie formidable, tandis que le relevé des votes de l'armée pour le plébiscite ne donnait pour toute la France qu'un chiffre de trois cent trente-sept mille hommes. Ce fut donc avec la certitude qu'on n'avait qu'un si petit nombre de forces à opposer à douze cent mille Allemands, que les ministres de l'empire et Napoléon III lui-même jetèrent la France dans cette sanglante et honteuse aventure.

Bazaine l'avait bien compris, lorsqu'il disait : « La Prusse militaire peut se comparer à une horloge. Montée, elle marche à merveille et avec une grande précision ; mais avant d'être montée, c'est un corps inerte. Si l'on veut me donner quarante mille soldats d'élite, la majeure partie en bonne cavalerie avec des zouaves et des turcos, j'offre de traverser toute l'Allemagne comme une trombe avant toute organisation de l'ennemi, bouleversant tout sur mon passage, chemins de fer, télégraphes, bureaux d'administration, détruisant la comptabilité et la bureaucratie, brûlant registres et papiers, jetant en un mot partout le désordre, cassant les ressorts de l'horloge prussienne et la réduisant à l'impuissance de fonctionner avant plusieurs mois.

« Ce sera au reste de l'armée française, c'est-à-dire à un bloc de deux cent cinquante à trois cent mille hommes, à profiter de ce désarroi de l'adversaire. Je ne garantis pas de ramener un seul homme de mes quarante mille hommes ; je ne viserai qu'à disloquer et à détruire, en allant au pas de course comme un torrent dévastateur, gagner la Baltique, où nos vaisseaux se trouveront pour recueillir les débris de ma phalange. »

Ce plan téméraire sans doute n'était

autre chose que le renouvellement de la course hardie de Sherman à travers la Géorgie dans la campagne de 1864, course admirée de tous les esprits militaires et qui amena la chute de Richmond, la capitale des esclavagistes. Mais si, dans un pays épuisé, les coups de main sont toujours faciles, qu'auraient donc fait quarante mille hommes dans une vaste contrée qui depuis longtemps se préparait à la guerre et qui guettait l'occasion favorable d'écraser son ennemi dont elle ne connaissait que trop bien la faiblesse et même l'impuissance? Une fois l'ouragan passé, l'Allemagne ne savait-elle pas que l'empire devait s'effondrer sous le poids de ses fautes, et que notre armée, commandée par des chefs inhabiles, devait succomber sous le nombre et sous les coups d'une artillerie formidable? Ce n'était pas en vain qu'elle avait envoyé quelques-uns de ses généraux pour assister à ces luttes gigantesques de l'Amérique, où de monstrueuses pièces d'artillerie avaient assuré le succès. Elle avait donc compris la première qu'il fallait bien vite abandonner les méthodes surannées de la vieille Europe et compter beaucoup plus sur la portée des canons que sur des baïonnettes.

L'empereur prisonnier traversa la grande rue de Donchery par une pluie qui tombait par torrents. Il portait alors le képi et le petit uniforme de lieutenant général avec l'étoile de la Légion d'honneur sur la poitrine. Il paraissait excessivement abattu et des lignes noires cernaient ses yeux, qui cependant étaient attentifs à tout ce qui

se passait, car il salua un Anglais qui
accourut pour le voir et qui se décou-
vrit.

Ses chevaux étaient toujours dignes
des écuries impériales. Les deux postil-
lons étaient aussi fringants que s'ils
eussent été au bois de Boulogne ou sur
le chemin de Saint-Cloud. Le coupé
partit au galop, suivi de dix ou onze
voitures impériales, fourgons ou chars à
bancs et d'une longue file de chevaux de
selle et de renfort montés par soixante
grooms. Sur sa demande réitérée, Napoléon ne reparut plus devant ses soldats dont il craignait peu têtre la colère.
Il se hâta de passer par la Belgique pour
se rendre dans le château de Wilhelms-
hohe, près de Cassel, où jadis avait ré-
sidé, plus heureux que lui, Jérôme,
l'ancien roi de Westphalie.

Le même jour le roi Guillaume écrivait à la reine Augusta :

« Tu connais maintenant par mes trois télégrammes toute l'étendue du grand événement historique qui vient de se passer. Cela ressemble à un rêve, même alors qu'on l'a vu se dérouler heure par heure ! »

Mais si François Ier, tombé entre les mains de ses ennemis, pouvait se vanter d'avoir *tout perdu, fors l'honneur,* si, captif, il put encore rallier autour de son drapeau d'innombrables partisans, les ministres de Napoléon se contentèrent d'envoyer le 3 septembre ce télégramme :

« Français,

« Un grand malheur frappe la patrie !

Après trois jours de luttes héroïques soutenues par l'armée du maréchal Mac-Mahon contre trois cent mille ennemis, quarante mille hommes ont été faits prisonniers. Le général Wimpffen, qui avait pris le commandement de l'armée en remplacement du maréchal Mac-Mahon, grièvement blessé, a signé une capitulation. Ce cruel revers n'ébranle pas notre courage. Paris est aujourd'hui en état de défense ; les forces militaires du pays s'organisent : sous peu de jours une armée nouvelle sera sous les murs de Paris ; une autre armée se forme sur les rives de la Loire. Votre patriotisme, votre union, votre énergie sauveront la France.

« L'Empereur a été fait prisonnier dans la lutte. Le gouvernement, d'accord avec les pouvoirs publics, prend toutes les mesures que comporte la gravité des événements. »

Mais le lendemain, l'aurore avait à peine dissipé les ténèbres de la nuit, que le gouvernement qui faisait un appel au peuple s'effondrait lui-même et que la République était proclamée !

Que se passait-il à Sedan, tandis que la nouvelle de la défaite et de la capitulation tombait comme la foudre dans la capitale ? Plus de cent mille hommes, prisonniers avec armes et bagages, sortaient des murs de la petite cité, défilaient devant l'armée prussienne et, parqués comme des moutons, commençaient leur douloureux voyage en Allemagne. Quelques-uns jetèrent leurs armes dans la Meuse, ou les brisèrent avec rage et désespoir, tandis que les autres les remettaient aux sentinelles al-

lemandes, à la porte de Paris, tous ac-
cusant les généraux, maudissant le gouvernement impérial et espérant encore
de Paris et de la France une revanche
éclatante. Mais, hélas ! la Chambre des
députés, toute stupéfaite, laissait procla-
mer la déchéance de Napoléon et, au
lieu de prendre tout de suite en main
les destinées de la France, protestait
bien faiblement contre ceux qui nous
imposaient la République. D'ailleurs, à
quoi pouvait-elle prétendre, elle qui
avait applaudi depuis si longtemps à
toutes les bassesses de l'Empire, qui
s'était contentée de le saluer au lieu de
le contrôler et qui sentait que le poids
de sa chute retombait sur elle qui avait
si débonnairement voté la guerre contre
la Prusse ? Ne voyait-elle pas que son
règne était fini comme celui dont elle

avait tant de fois approuvé les inepties ?

Ainsi tomba le gouvernement despotique du 2 décembre sans laisser d'autres traces que des ruines et de la boue. Ce n'est pas que les avertissements ne lui eussent été donnés, que sa chute même ne lui eût été annoncée par des hommes profonds ; mais trop fier de ses nombreux partisans qu'il avait enchaînés à son char, il oublia que la roche tarpéienne se dressait à quelques pas du Capitole ! Et pour rendre le châtiment plus éclatant, la Providence voulut qu'il tombât à Sedan devant la pierre qui devait lui rappeler Turenne, dans cette noble Champagne qui avait été le berceau de la grandeur des Bonaparte.

Mais si l'armée de Mac-Mahon était anéantie, si l'ex-empereur avait quitté

la France qui l'avait déclaré déchu de
son pouvoir, il semblait que toute espé-
rance n'était pas encore perdue. Car
Bazaine tenait toujours Metz avec cent
mille hommes et pouvait tôt ou tard dé-
busquer les Prussiens des contrées qu'ils
occupaient. Un seul homme pourtant eut
le courage d'annoncer que toutes les
places fortes tomberaient l'une après
l'autre et que rien ne résisterait à la
Germanie, qui cette fois envahissait
notre sol par centaines de mille, par
millions peut-être. Cet homme, c'était
Edmond About. En effet, pour quiconque
connaissait toutes les ressources, toute
la puissante organisation de nos ennemis, notre défaite était facile à prévoir.
N'avions-nous pas applaudi depuis bien
des années aux inconséquences si fata-
les du gouvernement, nous contentant

5.

de ne chercher comme lui que notre bien-être, sans nul souci de l'avenir? Avions-nous même compté sérieusement le nombre des bulletins déposés dans l'urne par les soldats au fameux vote plébiscitaire? Hélas! Toujours légers et turbulents, nous chantions la *Marseillaise* et croyions déjà voir les portes de Berlin s'ouvrir devant nous, lorsque l'Allemagne, préparée depuis longtemps à la lutte, se mettait en mouvement pour nous châtier de notre témérité. *Et nunc intelligite.*

IV.

CONCLUSION.

Il y a des gens qui disent que chaque peuple a son temps et que le moindre grain de sable battu des vents a en lui plus d'éléments de durée que la fortune de Sparte ou de Rome. Mais si, comme aux jours de Pline et de Columelle, la jacinthe se plaît dans les Gaules, la pervenche en Illyrie, la marguerite sur les ruines de Numance, si leurs paisibles

générations ont traversé les âges et se
sont succédé l'une à l'autre jusqu'à
nous, fraîches et riantes comme aux
jours des batailles, pourquoi les villes
autour d'elles ont-elles changé tant de
fois de maîtres et de noms, tandis que
de puissants empires sont rentrés dans le
néant? N'est-ce point parce que ces
villes et ces empires se sont permis de
troubler l'harmonie à laquelle le monde
matériel est toujours resté soumis?

Croit-on par exemple que la prospérité
maintienne les États, qu'elle leur assure
une bien longue durée, lorsque cette
prospérité n'est acquise qu'au mépris
des règles de la morale et de la justice?
N'engendre-t-elle pas au contraire cette
mollesse, cet affaissement des idées et
des mœurs, signes avant-coureurs d'une
chute effroyable? Le peuple de Rome

pouvait sans doute applaudir aux fêtes nocturnes que Néron donnait dans ses jardins, aux somptueuses demeures qu'il élevait sur les cendres de quartiers incendiés ; les ancêtres d'Attila n'en cheminaient pas moins silencieusement dans les bois pour achever d'enfermer dans un cercle de peuples vengeurs ces Romains qui avaient opprimé la terre et qui ne se croyaient assez forts que parce qu'ils dévoraient l'empire.

Mais lorsque des peuples élèvent encore leurs regards au-delà de ce globe, lorsque, conservant les traditions de l'honneur et du devoir, ils savent qu'ils ne sont sur cette terre que pour remplir une glorieuse mission, ceux-là peuvent se promettre cette éternité dont Rome païenne se glorifiait si faussement. Et, pour qu'un peuple puisse résister au temps, à ses voisins et à la corruption, il n'est point nécessaire qu'il soit gouverné par un monarque quelconque. Car si un simple président ne peut tenir les rênes à modique prix, croit-on qu'un roi, qu'un empereur sera plus habile avec des millions et qu'il ne finira point par se créer de nombreux partisans qui ne le soutiendront que pour les honneurs et les richesses qu'ils en recevront ? Ce qu'il faut avant tout, c'est que le pouvoir ne descende point à ces bassesses qui l'ont perdu depuis si longtemps et qu'il s'efforce loyalement et franchement de diriger le peuple dans la voie du véritable progrès.

Qu'il exige certaines connaissances de ceux qui aspirent aux fonctions, qu'il force même les enfants à fréquenter les écoles pour y acquérir des notions indis-

pensables dans un siècle où la bonne
foi est trop souvent trompée, rien de
mieux. Mais qu'il se charge de donner
l'éducation, à quel titre peut-il violer le
droit sacré des familles? N'est-il point
temps de fermer ces casernes universi-
taires où les enfants pêle-mêle confon-
dus finissent par devenir sceptiques
et par contracter des habitudes de révolte? Contentez-vous d'externats où les
leçons seront données par d'habiles professeurs; les familles sauront bien choi-
sir les maisons les mieux dirigées. En
renonçant à ce monopole qui vous ap-
pauvrit, vous réconcilierez l'Église et
l'État et vous accorderez cette liberté devant laquelle vous avez tremblé et sans
laquelle vous ne formerez jamais de ver-
tueux citoyens. Car, il faut bien vous
l'avouer, vos professeurs n'ont pas assez

de croyance pour réprimer la jeunesse et pour lui former le cœur. Que leur rôle se borne désormais à lui débiter du grec, du latin, des mathématiques ; d'autres se chargeront de leur apprendre que de ces Grecs et de ces Romains tant vantés, il ne faut en admirer que les chefs-d'œuvre, si l'on veut à tout prix éviter le scandale de leur chute.

Que les hauts fonctionnaires ne reçoivent plus de ces appointements dont murmurent leurs subordonnés et les contribuables, car il est temps de réparer le désastre de nos finances par de sages économies et de modérer le luxe effréné qui a causé notre perte. Que les petits fonctionnaires soient rétribués plus largement, mais que par un travail plus sérieux le nombre en soit diminué ! Qu'un sévère contrôle soit exercé sur

leurs actes comme sur ceux de leurs su-
périeurs et que, s'ils se permettent
d'étaler au grand jour le triste spectacle de leur incapacité, ils soient impi-
toyablement révoqués. On criera peut-
être à la tyrannie, mais l'État n'a-t-il
point le droit d'exiger que ses servi-
teurs remplissent leur devoir et que ses
hauts dignitaires ne donnent plus le
scandale du favoritisme, inséparable
compagnon du despotisme ?

Mais si la vieille société a péri parce
que Dieu en avait été chassé, si la nouvelle
est souffrante parce que Dieu n'y est pas
suffisamment entré, qui donc surtout
pourra nous guérir des maux qui nous
accablent ? Le clergé seul, s'il com-
prend encore la mission qu'il a reçue
sur le Golgotha.

Vous avez beau prétendre, Messieurs

les libres penseurs, que l'instruction
moralise les masses, parce qu'à l'aide
de quelques lettres et de quelques chif-
fres elles lisent vos journaux et dressent
une facture; mais à mesure que l'instruction est descendue dans les classes
inférieures, celles-ci n'ont-elles point
découvert la plaie secrète qui les ronge,
lorsque vous avez banni la religion? Re-
composez, si vous le pouvez, les fictions
aristocratiques; essayez de persuader
au pauvre, lorsqu'il sait bien lire et qu'il
ne croit plus, lorsqu'il possède la même
instruction que vous, essayez de lui persuader qu'il doit se soumettre à toutes
les privations, lorsque son voisin possède
mille fois le superflu. Pour dernière res-
source, il est à craindre qu'il vous faille
le mitrailler! Ah! s'il est vrai que de
pauvres prêtres, la croix de bois à la

main, ont ressuscité la société, lorsque le colosse romain se fut écroulé sous les coups des Barbares; s'il est vrai qu'ils ont placé ce même instrument entre les vainqueurs et les vaincus, qu'ils s'arment encore de la croix et qu'ils la placent entre les riches et les pauvres, pour apprendre aux uns qu'ils doivent donner beaucoup de leur superflu, et aux autres qu'ils sont les élus du Dieu qui a voulu vivre parmi nous dans les tribulations, et qui ne nous récompensera que si nous avons imité ses vertus.

Mais, dira-t-on, vous voulez donc que le clergé dont les biens ont été confisqués en 93 et qui ne touche que de maigres revenus, se dépouille totalement de la dernière obole que lui donne l'État. A Dieu ne plaise que la société se permette cette inique spoliation, car com-

bien de villages seraient privés des
bienfaits de la religion, s'il plaisait à
quelques mauvais conseillers de bannir
Dieu de son temple en supprimant le
faible traitement de ses ministres ! Mais
lorsque toutes les vérités sont à la veille
d'un vaste naufrage, lorsque les grandes
iniquités se consomment et que les grands
crimes s'étalent sans consterner les
âmes, il est plus que jamais nécessaire
que le spectacle des plus hautes vertus
et des dévouements les plus sublimes
tienne les esprits attentifs et les cœurs
émus. Si douze pauvres pêcheurs ont
sauvé le monde avec une simple croix
de bois, que ne peuvent encore leurs
successeurs, les hauts dignitaires de
l'Église, secondés par soixante mille
prêtres, s'ils veulent réellement opposer aux joies enivrantes de ce siècle les

pleurs de la pénitence et les symboles d'un dépouillement plus absolu ! La tâche est rude sans doute, mais pour sauver la patrie, le soldat doit-il trembler devant la mort? Car, quoi qu'on fasse, la vieille Europe ne revivra plus ; les peuples arrivés à leur majorité prétendent s'affranchir de leurs tuteurs. Qu'arrivera-t-il? Qui peut le prévoir? Espérons que la démocratie ne cherchera de véritable solution à l'avenir que dans le christianisme, et que la liberté, crucifiée sur le Calvaire avec le Messie, en descendra avec lui pour remettre aux nations le Nouveau-Testament écrit en leur faveur et dont nous semblons méconnaître les sublimités.

Mais en attendant cet heureux jour, rappelons-nous que Dieu, dans tous les événements, se lève derrière les hommes, et que s'il donne aux rois, quand il lui plaît, de grandes et terribles leçons, il foudroie les peuples violateurs des règles de la morale et de la justice.

TABLE DES MATIÈRES

PARIS. — IMP. VICTOR GOUPY, RUE GARANCIÈRE, 5.

www.ingramcontent.com/pod-product-compliance
Lightning Source LLC
LaVergne TN
LVHW020544060726
842525LV00004B/1302